당귀꽃

이창진 시집

당귀꽃

이창진 시집

예술의숲

시인의 말

서정의 날선 깃발을 바라보다가
연모의 둥지를 틀어

시향詩香에 빠졌지만
쉬엄쉬엄 편한 시편이 아니기에
고뇌의 잔에 취해 쓰러지곤 했다

만물이 시를 갖고 태어난다는

상상의 그물을 펴고
시어詩語를 깨달아 건져

보고 듣고 만져
감통感通할 수 있는
첫 항해의 돛을 올린다.

2020년 봄

◈ 차 례 ◈

제1부. 아내 손등

제2부. 아버지와 아들

제3부. 아카시아

제5부. 이런 시를 쓰고 싶다

제1부. 아내 손등

돌산

동네가 다 내려다보이는
돌산 밭이 내 고향이다

할아버지가
십 년 품삯으로 받은 돌산

아버지와 어머니가 개간한다고
새벽부터 달이 뜨기까지
돌을 깨트려 옮기고 일궈
겨우 밭이 된

돌을 심어도
곡식이 영그는 밭

지금도 그 밭에는
삼대의 눈물이 거름으로 남아서
숨을 쉬고 있다

지푸라기

엄마는 지푸라기였다

태어날 때부터
날갯짓을 쉬지 않았다

일 마친 후
몸을 다 태워 밥이 되려고
지푸라기로 남았다

방구들을 익혀주고
밥을 지어놓고
재가 되어 거름으로 죽었다

뼈도 남기지 않고
불과 함께 날아갔다

보리개떡

여름이 되면 형과 함께 포대자루를 들고 집에서 멀지 않은 수영장을 돌면서 음료수 병과 쇠붙이를 주우러 다녔다

공사장에서 버린 콘크리트에 철근이 박혀 있으면 망치로 깨트리고 파헤쳐 고철로 팔았다

일주일에 한 번은 점심때 먹을 보리개떡과 자루를 들고 산에서 솔방울을 주워 덩치보다 큰 자루를 어깨에 메고 왔다

겨울이 얼마나 추웠던지 솔잎과 솔방울이 귀했고 개떡은 보릿고개의 허기를 채워주는 배부름이었다

아궁이에 솔방울이 타면서
유년 시절이 붉은 홍시처럼 익어갔다

추석

구멍 난 양말을 신고
다녔던 어린 시절

아버지는
돌산에서 어깨가 깨져가고
손발에는 말발굽이 생기기까지
돌덩이를 매달고 사셨다

어머니는
새벽부터 동네 집집마다
손발을 다 내어 주면서
몸빼바지에 쌀을 웅큼웅큼 달고
달빛을 밟으며 돌아왔다

둥근 달은
어린 나에게는 그저
구멍 난 슬픈 덩어리였다

바느질

팔뚝으로 들어간 바늘이
경련을 일으켰다

수많은 상처가 아물도록
손을 내밀어주었다

찢어진 아픔을 꿰매
자식의 눈물과 혈흔을 감싸주었다

평생
골무와 함께 사신 어머니

정작 당신의 피눈물은
꿰매지 못했다

부부

아버지와 어머니는 중매로 얼굴 한번 보고 결혼
해서 오 남매를 낳고 평생 논밭농사에 가축 돌보
며 산 넘고 물 건너 해로하면서 살았다

같이 보릿고개를 넘었다

지울 수 없이 손에 남아 있는 검은 주름을 서로
만져주고 있다

친구

아궁이에서
불이 부서지며 밥을 짓는다

밥물이 솥을 타고
익었다며 거품소리를 낸다

엄마 밥 다 되었어

어머니는 아무 말 없이
좀 더 나무를 넣는다

불이 소리를 지르며
활활 탄다

어머니는 자식처럼
주고받는 밥 친구다

독거노인

어느 날 외로움이 몰려오면서
가슴이 춥고
눈가에 방울이 촉촉 맺혀 떨어지면
가을이 왔음을 안다

도로 옆 플라타너스 잎사귀
무겁게 떨어지고
그 잎사귀
산산이 부서지다

묻어도
묻히지 못할 울음

보이지 않는 바람이 자꾸
눈 덮인 차도로 몸을 떠민다

수건 한 장

예순도 안 돼 메마른 막대기가 되어버린
눈만 겨우 깜박이는
아버지의 몸을 씻겨드렸다

벌거숭이 머리와 얼굴을 씻기고
손가락 사이사이 굳은살까지 닦아내자
하얀 수건에서 가늘어진 숨결이 묻어났다

숨구멍 하나하나 뒤덮고 있던 때와 먼지들
마르도록 쥐어짜며 살아온 이력들이
힘줄과 함께 불거져 나왔다

아무 움직임도 없는데
도드라진 혈관만 젊은 날의 혈기를 증명하듯
불뚝불뚝 솟구치고 있었다

거친 호흡을 다 닦아드리기엔
수건 한 장은 너무 품이 작았다

남은 숨결이 마르기 전에

밥솥

밥솥을 여니
바싹 말라붙어 있는 밥알들

물 빠져 울부짖는 목마름
폭발 직전이다

언제 꺼져
사라질지 모를 별들

소멸과
불멸이 공존하는 블랙홀

사랑

파란 단풍잎을 따서
책갈피에 꽂아 두었지요

숨결도 함께 꽁꽁 묶어 놨지요

책 속에 눈 내리고

춘분(春分) 지나
묶인 끈이 풀려
노랑나비가 되었어요

잔소리

야채를 데워놓을게요
찌개를 데워놓을게요

믹서기로 갈아서 먹어요
렌지에 따뜻하게 데워서 먹어요

살림 부딪치고
찬장 문 여는 소리들이 곱다

아픈 상처에 잔잔히 덮은 이불같이

아내의 잔소리가
간장 된장 고추장 맛을 낸다

따뜻한 맛이
집 안에 스며든다

아내 손등

파김치 물김치
두부찌개
반찬 마다 척척

난 뒷정리 뿐
십일 년 지나도

잠자는 손등에
살며시 손을 얹었다

할머니

열여덟 살 며느리가 숨만 쉬는 3개월 된 핏덩이를 버리고 사라져 생솔가지 뿜는 연기보다 더 매운 눈물을 쏟게 했다

팔순 노모는 떠난 며느리를 찾다가 정신을 잃고 쓰러졌고 아들은 산업 현장 추락사로 다리를 절단했다

손자를 치맛자락에 싸서 고아원에 보내야 했다

아들의 다리가 되어 주느라 뼈만 남아

초췌한 손자의 울음소리가 날마다 짙은 멍으로 가슴을 쳐 울리면서 위암이 커갔다

마지막 양발 한 켤레를 들고 버스를 세 번 갈아 타서 도착한 곳에 눈물을 쏟다가 가슴만 찢어 놓고 와야 했다

인연의 끝에서 손자 이름만 부르다 검게 탄 입
술에 노을도 눈물을 떨어트렸다

결혼한 손자가 영정 앞에 섰다

핏덩이 아기가 손부孫婦 품에서 맑게 웃고 있다

아버지

　노란 주전자와 김치그릇을 들고 쫄랑쫄랑 아버지가 일하는 밭으로 가면 아버지는 막걸리를 사발에 가득 채워 마신 후 김치 조각을 입에 넣고 우물우물 하신다 누렁이는 어깨에 쟁기를 메고 부지런히 밭이랑을 만들고 있다

　어느 어둠이 내리는 저녁 누렁이를 앞세우고 쟁기를 지게에 지고 집 마당을 몇 바퀴 돌더니 개발 바람으로 밭과 집 위에 고속도로가 생기고 수많은 차량이 쟁기를 메고 달리고 있다

　아버지는 가족을 위해 빨리빨리 달려야 한다

얼굴

가을 속
갈바람과 걸을 때면
낙엽 속에 감춘
가을 빛 붉게 물든
얼굴이 사무치도록 그립습니다

잠드실 때까지
세파 속 고독에 취한 낙엽처럼
자식들에 취해
불그레 물드셨습니다

멍에의 짐으로
주름의 파도가 출렁일 때마다
자식들은
만선의 풍어를 얻게 하셨습니다

아버지
연탄불처럼 청춘을 활활 태우시더니
재가 되어 산산이 흩어지셨습니다

가을에
낙엽 한 잎 안고 잠들고 싶습니다

곰팡이 가족

보이는 것이 집인데
살아갈 곳 없어 천막 안에 뭉쳐 사는
곰팡이 가족이 있다

썩은 그늘에 박혀
빛이라곤 모르고 산다

곰팡이는 알아도
늙은 할머니 낮을 모른다

마른 덤불 타듯
혼인 신고만 급하게 하고
깊은 산골 폐가에서 겨우 살다

임신하고도 폐문으로
창문턱을 넘나들며 키웠다

겨우 천막덮개 집이 생겼지만
전기를 이웃집에서 동냥하며 살았다

곰팡이 굴에서 찬밥을 후룩 마시며
자식과 노모를 안고 살아가고 있는
후미진 눈물들이 추적추적 늘어간다

유리 가족

개발로 땅 값이 하늘 높이 올라가더니 마누라
쫓아내고 호화로이 집을 졌으나 치매가 찾아왔다

집안 곳곳 돈 뭉치 숨겨 두고 매일 돈을 세다가
건지도 못해 무릎으로 기어 다니면서 밥을 먹다
똥과 오줌을 싸 바지와 이불에 범벅이 되었다

큰 아들이 일주일에 한 번 늦은 밤에 와서 새
옷으로 갈아 입혀 주고 청소를 하고 간다

번쩍이는 집을 짓고 치매로 살며 돈을 잃을까봐
끌어안고 지내다 몇 년 살지 못해 다 내려놓고 썩
은 몸이 되었다

아내와 자식들은 눈물 한 방울 없이 화장터만
밟고 큰 아들은 한줌 재를 가지고 산 넘어 갔다

풍경

폭우가 지나간 해질녘 호랑지빠귀가 둥지 밖에
무엇을 찾는지 사방을 보다 넘어가는 태양을 바라
보며 마을 굴뚝 연기를 보다 밤 홀로 아프도록 살
속을 비벼대며 구겨진 상처를 안고 울어 된다

덤불 속 참새들이 부지런히 짹짹

산비둘기 수컷이 아무렇지 않은 듯이 빈손으로
왔다
암컷이 미동도 없다
둘은 한참 거리 두기로 서성거리고 있다

해가 묻히고 어둠이 내리면 갈 곳 없는
나그네는 칼바람 끝에서 외로움에 취한다

제2부. 아버지와 아들

희망가

가을 낙엽 한 잎을 손바닥에 얹고
살살 문질러 봐요
아지랑이 봄을 타고 올라 올 거예요

눈이 내리는 겨울 손등을 펴고
눈송이를 앉혀 봐요
따뜻한 눈물 꽃이 피어 날 거예요

붉은 석양 앞에 서서 가슴을 열고
그림자를 안아 봐요
동녘 일출이 되어 떠오를 거예요

밤에 하늘을 보고 눈을 깜박여 봐요
별들이 몸 안으로 들어와 수놓을 거예요

큰 걸음

- 장애인의 날에 붙여

한 걸음을 내딛는 사람들이 있다

몸에 흘러내리는 녹물을 닦아내면서 삐거덕거리
는 소리를 리듬으로 풀어내며 걸어가는 사람들이
있다

돌처럼 굳어버렸지만 거뜬히 가볍게 넘어 뛰는
경기장의 주자들이 있다

쓰러질래야 더 이상은 쓰러질 것도 없는 매일
성공을 쌓아 가는 아름다운 발들이 모여 있다

힘이라는 것은 세월을 많이 먹고 살아간다고 쌓
이는 것이 아니다

세월 속 맑고 깨끗하고 고결한 모습을 갖고 살
면서 폭풍을 맞으며 하얗게 흐르는 물결 고운 소
리를 내는 화음에 있다

깨진 항아리에 담겨질 수 없는 많은 원석들이
자유롭게 번쩍이고 뒹굴고 꿈을 꾸며 웃고 있다

숨길 수 없고 감출 수 없이 풀어져 종소리가 울
리면서 맑은 영혼이 무지개에서 피어나는 오로라
가 있다

리듬을 안고 따뜻한 드라마의 주인공이 되어 재
잘대며 물빛을 흔들며 추는 몸짓으로 화폭을 그려
내고 있다

여기 큰 걸음을 걷는 사람들이 있다

혈루

다 큰 청년이 화장실 세면장에 오자마자 상의
와 바지를 홀라당 벗더니 수돗물을 붓고 가슴을
문지른다

커다란 몸집에 뱃살이 출렁이는데 얼굴엔 웃음
이 찼다

물기를 닦지도 않고 옷을 입고 거울을 보고 소
리를 지르며
중얼중얼 어린아이에서 성장이 멈춘

누구의 잘못도 아니다

아물 수 없는

평생 뺄 수 없는 송곳 하나를
가슴에 박고 살아야 하는

아버지와 아들

채널 9번을 누르라 했더니
리모컨 숫자는 관심도 없고
만지작만지작 손때만 묻히고 있다

커 버린 자식과 함께 사는 늙은 아버지는
갈래갈래 누더기 가슴으로
자식을 끌어안고 산 지 오십 년

무표정한 앳된 얼굴에
몸은 비곗덩어리로 이리저리 뒹굴고
끌고 다녀 바닥이 반질반질하다

말을 하면 말들이 충돌하여
깨지는 유리 파편들처럼 산산이 흩어진다

속살을 뒤틀고 올라간 지붕 끝
용마루 두 개가 날개 한번 펴지 못한 채
부서져 신음하고 있다

작은 손

희망이라 말하는 당신은 빛줄기를 갖고 있어요

세상이 첨벙거려도 빛을 비추고 폭풍 칠 때 더
밝은 빛을 닮아가지요

힘내요 하고 말하는 당신은 창고에 좋은 씨앗을
쌓아주지요

차별하지 않고 모든 밭에 한 움큼 두 움큼 살며
시 놓고 가면 콩닥콩닥 박애로 꽃이 피지요

칭찬을 말하는 당신은 곧은 마음으로 꺾인 몸을
작은 손으로 만져주지요

당신과 함께 있으면 스치는 바람도 생명이 되어
주지요

제3부. 아카시아

당귀꽃

- 버려진 향기를 줍다

두 차례나 경매 되지 않은 꽃들이
전지가위에 목이 잘려 뚝뚝 떨어졌다

행복을 가슴에 안길 꿈을 품고 자란

긴긴 밤을 견디며 낮을 맞이한 그날
하얀 꽃으로 보랏빛으로 피어났지만

버려져 죽을 운명

다시 데려와 씻고 닦으며 어루만졌다

트랙터로 갈아엎어질 거베라도
급하게 거둬들이는 엄니의 손에
다시 꽃이 되었다

버려진 향기를 주웠다

죽순

사라진 것이 아니다

별처럼 달처럼 구름처럼
단지 손에 잡히지 않을 뿐이다

죽은 것이 아니다

잃을까봐 두려울 뿐이다

생명이 생명으로
고리에 고리가 되어 달려왔다

뿌리가 뿌리로 이어져
봄볕이 일어나고 있다

때론 올리고 잘려도
서정으로 가슴마다 순筍 틔운다

올라오다 꺾이어도
대나무 되어 높은 깃발에 휘청

순한 죽순들이 벌떼로 일어나
파도처럼 밀어 오른다

지금 일어나
외치는 온 몸의 힘

다시 일어날 죽순의 바람

아카시아

검게 탄 흔적을 흘리며
아카시아나무가 쓰러졌다

오십 년 동안
지키며 싸워 버틴 흔적

살과 피를 틀며 거칠게 토해낸다

피 묻은 손
산의 목을 땄다

질기도록 몸부림쳤지만
개발이
수치스러운 알몸을 드러냈다

불꽃
아카시아

감나무

거센 태풍으로
찢어진 상처를 보듬으며
붉고 아름다운 자식들을
주렁주렁 키워냈다

자식들이
직박구리와 까치에게
파헤쳐 죽어가고 있는 것을
살 속으로 느끼면서도
아무런 저항도 할 수 없다

검게 타도록 바싹 마른 몸으로
막아보려 하지만
눈물만 떨어트리고 있다

어머니의 사계절은 아프다

들국화

야생은
들국화 고향
거센 무지개 노래

어둠이 흔들 때
의연하게 평화가 차오르고

올망졸망 어깨동무
부딪치는 애틋한 꽃잎무리

연한 줄기
앙증맞은 몸짓
풍겨낸 매운 맵시

황소

보문산 중턱에는 오래된 다랑이를 일구는 늙은
황소 한 마리가 살고 있다

어둠과 찬바람을 맞아가며 푸석푸석 흙을 만져
녹였다 얼렸다 기름진 황토로 만들어 놨다

일곱 계단을 번갈아가며 갈아엎고 만져가며 씨
앗을 심고 망루를 세워 커다란 어깨로 일곱 자식
을 키웠다

늙은 농부는 동트기 전부터 일어나 땀을 쏟아 부
어 기력이 쇠하여졌고 발바닥은 돌처럼 굳어졌다

농부의 뿔은 깨졌고 일곱 계단은 버려져 독한
가시밭이 되었다

벌집

오래된 팔레트 사이
벌들이 집을 짓고 살았다

119를 부르니
벌집을 살피고 가스토치에
불을 붙였다

벌집을 향해 불을 뿌렸다
순간
수백 마리 벌을 태웠다

몇몇 벌은 벌벌 떨며 도망치다
에프킬러로 전멸 당했다

사람들은 박수를 쳤다

소방관은
무심한 듯
소방차를 타고 떠났다

낙엽 한 잎

세월 앞에
잎사귀가 매달려 있다

흔들어대고 견딘 것이
자신을 위함이 아님을 알 때가
흙냄새를 닮아 가기 시작하면서였다

비벼 웃고 찢겨 울고
갈취당해 갉아 먹혀 죽을 고비에도
당신을 위한 과정인 것을 알았다

먼지를 털어내고 번지르르 웃을 때도
당신을 위한 리듬이었다는 것을 알았다

호되게 내몰아 쳐 싸늘히 떨며
흙에 흠뻑 젖어 따라 간다

1월

회색에 뿌연 하늘
아무런 소리 들리지 않는 공간

피부에 닿는 숨
부딪치는 파동
전령이 펼쳐지는 기운

강 발원지에서 올라오는
하얀 물김

처마 끝에 매달린 고드름
하늘 땅 냄새

산수유 고향에서
몽골몽골 수액을 돌리고

개구리도 뱀도 곰도
몸단장이 기지개 켠다

고라니

산에서 개울 천으로 건너려는 순간
덤프트럭과 정면으로 충돌사고가 났다

가해자는 뺑소니를 쳤고
살아나보려고 눈을 크게 뜨고
깔아진 채 발버둥을 치는 빨간 신음

피가 흐르고
눈물은 방울방울
방울눈을 뜬 채 피 토하며 죽었다

두 손을 모았다

느티나무

새해가 성큼성큼 오는데
홀로 차갑게 벌판을 헤매고 있다

할머니 아버지 아내 자식과 즐거웠던
지난날

센 바람이 들어오는 방에
찬밥 한 수저 젖어드는 밥알들

휴전선에 멈춘 철마처럼
수많은 파편이 녹슬며 곪아 터진다

사업에 닥친 태풍 생사의 위기 흔들렸던 파산
묶인 팔랑개비 빙판 위에서 헛돌고

창 틈새에 걸쳐 앉은 초승달에
칠백 년 된 고향 느티나무가 서 있다

겨울 소리

양철통 아궁이
쇳소리에
생선 상자 모닥불이 타고
어시장 활어가 파도를 친다

담장 밑 양지 볕
썰매 만드는 아이들 입방아

첫 눈발이 날리면
눈 보다 더 부드러운
어린 눈 올라오는 소리

강아지 콧등에 달고
돌아 뛰는 소리

밤새 불사른 굴뚝
뿜어낸 땀의 무게에
고단한 소리를 내며 눕는다

2월

대지 위에 함박눈
말없이 낙엽을 밟으며
잠을 깨운다

아지랑이 올라와
구름을 타고 휘 휘
노래하는 몸짓

초록이 내려와
아기 발가락
졸졸 간질이는 손짓

천지의 날개로
붉은 춤을 추는
발길마다 새싹을 틔워낸다

제4부. 아버지의 어깨

감지기

오작동에 공장 비상벨이 울어
장애인들이 놀라 아수라장

서서히 쌓이는 먼지와 발암물질로
컨트롤 타워가 기능을 잃었다

건강할 때
순환이 잘 돼 평화로웠다

미세먼지의 은밀한 공격
굶주린 성난 이빨
범람하는 바이러스 질병

고장난 정신이
운다

기차역 광장

폭염에 벌컥벌컥 부어 준
소주병들이 쓰러져 뒹굴고 있다

신발도 취해 주인을 잃고
고된 무게에 헐떡이고 있다

아스팔트석쇠에 몸뚱이가 구워진 채
붉게 휘어졌다

경찰 둘이 왔다
아저씨! 아저씨! 아저씨!!
허공 속에 흩어지는 헛바람

죽은 짐승 잡아 들 듯
구름이 머물던 처마 끝에 툭

이곳저곳 다른 집단들이
날선 이념 사상의 불과 불이 탄다

광장은 불이다

아버지의 어깨

토해 내는 울음은 깊다

아버지의 어깨에
울음 주머니가
출렁이고 있다

기어갈 때도
걸어 갈 때도
뛰어갈 때도 주머니가 출렁거린다

두터운 울음주머니
어깨에 멘
아버지가 있다

아버지의 울음은
깊다

절뚝이

어머니
누구인가
젖 모양도 맛도 냄새도 없다

그릇에 담긴 것은
빈 밥과 맹물 그리고 허기

젖꼭지 두 개
말라빠져 늘어져 팔랑 불어주며
혀끝에 묻혀 헐렁헐렁 살렸던 할매

치맛자락에 바람이 불어
산하를 꽃피워 놓는다고 꽃제비 부르며
허세로 노래하며 떠돌던 바람 새

잡을 수도 분간할 수도 없이
덕지덕지 분칠하며
서쪽에 가 있던 딴 짓거리 애미

진한 그림자로 남은 어린
절뚝이

십자가

오늘도 하염없이
눈물을 흘릴 거야

세상을 위하여 울지 않고
자식들을 위하여 울 거야

엄니의 맘을 쑤셔 파헤친 탕아
허랑방탕한 생활에 빠져
말릴 수 없고 건져 낼 수 없어

돌이키지 않는 먼 자식을
온 몸으로 안고 쏟아내는
눈물의 절규
바다가 붉게 되기까지 흘릴 거야

높이 달린 것이 부끄러워
애타하며 깊은 심해 속에서
세상보다 더 썩은
자식들을 안고 흐느끼고 있을 거야

의자

똑바로 걸어 봐
왼쪽 발이 틀어져 기우뚱 걷고 있잖아

나는 똑바로 걷는데
왜 왼발이 기우뚱 걷는다고 야단이야

사무실 의자가
한 다리 부러져 서지 못하고
기우뚱하게 있어 세워 놔도

부러진 의자
이름만 갖고 있는 잃어버린 시간

아프지 않다고
되새김질

개

전신의 공포
무지막한 도살의 냄새

수많은 동료들이 목줄에 매달려
울부짖던 피 소리
활활 타들어가던 죽음을 안다

발버둥 치면 칠수록 사지는 떨며
똥과 오줌을 싼다

참혹한 도살을 기다리는
긴 행렬의 시간
잔인한 칼날이 숨을 쿡쿡 쥔다

극적으로 빠져나와 뼈만 남아도
자유를 선택한 것이 잘했다며

자유! 자유! 자유!

전단紙

누가 나를 이렇게 만들었紙 한마디 말도 없는 침
묵의 하루살이에게 관심을 갖고 있겠어

타인에 의해 어디에든 구르다 처박히고 붙잡혀
찢어져 가장 밑바닥에서 처참하게 산산이 흩어질
존재紙

소리 없이 끌어당기는 언어의 몸짓 눈을 번득이
게 하는 화려한 색채 바로 선택을 받을 수 있는
한방이紙

거리마다 벽마다 붙어 있으며 선택을 기다리며
어디로 갈지 모르고 기다리는 순간이紙

비싼 광고판과 다른 몇 푼의 몸값이 테이프 조
각에 매달렸지만 언제든 사라질 떠돌이 노동자紙

신분 상승을 꿈꿀 수도 없어 주인이 상승하면
세련되고 호화로운 광고 선택에 쓸모없는 쓰레기
로 떨어지紙

몇 십억 짜리 요염한 그들과 비교할 수도 없지
만 그래도 몇 푼에 몸을 얹고 밑바닥에서 살아남
아야 하는 소박한 꿈이 있紙

핍박과 멸시 그리고 차별로 총알받이로 권력의
하수인으로 살아가는 처절한 약자들이紙

휴지 조각의 존재로 살아갈 인생인 줄 알면서도
견고한 대문과 전봇대에 붙어서 나를 보라고 몸을
흔들고 있紙

태어나자 찌그러지고 찢어져 쓰레기통으로 들어
가는 것이 수많은 난민보다 더 비참할 수도 있는
아픔들이紙

쪼가리에 매달려 간들간들 죽음 앞에서 봐달라
며 떠도는 인생의 슬픈 곡예紙

허무하게 약한 바람에도 날아가 어디에 처박힐
지도 모를 가련함과 짓밟히고 찢어지게 가난으로
살아가는 전단紙

끝까지 붙어서 책임을 다하려는 작은 자의 몸부
림으로 살아가는 약한 천민의 삶이紙

얼마 가지 못해 버려질 휴지조각이 되는 신세지
만 새벽부터 새 날을 기대하며 번듯한 화장을 하紙

어느 멋진 화려한 거실에 앉아서 살런지 모를
꿈을 꾸며 펄럭이는 코팅 인생은 오늘도 벌판에서
험한 세파를 견디며 버티고 있紙

유리컵

시원하게 갈증을 해결해 줄게요

붉은 입술을 찍어 놓지 말아주세요
맑은 이미지에 거부감을 일으켜요

샤워를 시키지 말고 목욕을 시켜주세요
손때와 숨기고 싶은 밑까지 청결하게 해주세요

함부로 던지지 말아주세요
상처로 죽을 수 있어요

소

할아버지는
오일장 돌며 소를 파는 소장수였다

외양간에는
일곱 마리가 있어
번갈아가며 팔고 사와 낯설다

새벽에 일어나
끓여 놓은 여물을 준 후
두세 마리와 십리 이 십리 장터를 다녔다

우시장 말뚝에는
새벽 동트기 전부터 나온 소들

코에 땀이 솟아나고
입에서는 되새김질을 연신하고
눈망울에 흐르는 눈물이 진했다

일을 위한 일소도

도축될 소도
임신한 암소도 어린 망아지도

아름아름 눈물의 글을 써서
되새겨 말을 한다

귀머거리들은
수전노의 말만 한다

노을이 검다

신발

왜 옷고름을 푸니 가만가만 살고 싶어
천천히 사색을 하며 조용히 걷고 싶어

과격할 때마다 조여 줘야 하는데 왜 푸는 거야
풀릴 때마다 속살이 보이고 너와 떨어지게 돼

뒹굴며 다니는 모습이 좋으니
먼 길을
죽을 때까지 함께 하고 싶어

너만을 위하여 낮은 곳에서 살고 싶어
옷고름을 단단히 묶어주면 어때

풀릴 때마다 헉 헉 혓바닥이 나오고
입이 벌어져 삶이 흩어져

예쁜 첫사랑의 만남에서
웃음으로 옷고름 동여 맨 시절로 가고 싶어
떨어지지 않게 살고 싶어

분재

허벅지에 향나무 분재가 있다

태양열 속에 지쳐버린 허리가 휘청하고 손이 풀
리면서 전지 톱날이 날아오더니 순간 향나무가 이
식되면서 쓰러졌다

황토를 파헤치고 피가 솟아
이식된 향나무

감싼 덮개
키워낸 뿌리

허벅지 분신

옹이

소리가 난다

전두엽에서 오토바이 소리를 내며 터널과 웅덩
이를 만들어 놓고 경주를 하고 있다

37년 전 젊은 피가 솟을 때 멋을 부리며 아스팔
트를 삼킬 듯 자유를 꿈꾸며 달렸다

죽음 앞까지 갔을 때 오토바이가 들어와 생명을
삼켰다 토해내는데 14일

깨어나 눈만 떴다

찢어진 외로움
일그러진 얼굴

그림자는 쉼 없이
전신을 돌아다니며 옹이를 박고 있다

둥근 밥

쇠똥구리의 뒤 걸음걸음
웃지 못 할
가족에 대한 열정
쉬지 않고 돌리는 애정의 굴레

재주가 아닌
생명을 끌어안은
둥근 노동의 땀방울

웅덩이에 빠져도
둥근 꽃으로
피워낼 줄 아는 뒤뚱이는 향기

사소한 말들도
둥글게 굴리면
하얀 물감에 익어 둥근 밥이 된다

지구는
오늘도 밥을 지으려고 돈다
둥글게

첫사랑

숨바꼭질

남몰래 봤던
탐심의 롤러코스트

끓는 젊음
딱딱거리며 삼키다
불타올라

리듬 속에 빠져
불타는 밤의 선율이
문을 두드렸다

별은 떠나갔다

호롱불

보름마다 둥근달은 풍성도 한데
님을 찾는 새 소리가 애처롭다

별이 무슨 사연 있기에 구름에 숨어
애타는 맘 호롱불 그을음만 사르다

홀연 떠난 발자국에 남긴 추억도
꺼져 어둔 밤 잠들지 못한 적막감

문살에 찢겨져 나간 옷자락 끝에
끝나지 않은 울음이 멍들어 있어
검게 탄 꽃 하나 문 앞에 서 있다

연필

고목에 꽃이 핀다고 누가 볼까

활력이 달아올라
뿌리보다 떡잎이 먼저 노랗게 올라왔다고
뒤늦게 네가 그랬지

저 혼자 우는 산새는
예쁜 이름이라도 있지만
고목은 홀로 밤이슬에 힘을 잃어 갔지

마음 달래며 쓰다듬는 눈물은
바람과 함께 세차게 울어 대었지

연필을 꺾어야 할지

꾹 꾹 누르며 걸어갈 때
스며든 아련한 자국이
한 편의 시가 되어 꽃씨로 끓어올랐지

연필 · 2

심을 빨아 가며 살았던 유년시절

백지에 먹힐 때마다 죽어가는 연필
나의 키는 커가고 너는 몽땅해갔다

나이가 커가고 학문이 커갈수록
너는 한없이 작아져서 사라졌다

세치 혀와 붉은 입술에 닿을수록
살은 산산이 잘려 쓰레기가 되었다

너의 마음이 빼앗길 때마다
꼭꼭 다져가며 성장을 확장해 갔다

수없이 빨리고 물어 뜯겨도
나를 키워 준 연필

몽우리

뿌리 없는 나무줄기에
꽃눈이 올라왔다

몽우리 올리기까지
밤낮 꽃만 생각하며 살아 왔다

꽃을 피우지 못할 메마른 꿈
뚜렷할 것 없이 어둠만 돌고

애타는 방황
차디찬 기다림

부풀어 오른
눈망울

제5부. 이런 시를 쓰고 싶다

이런 시를 쓰고 싶다

산골 초가지붕 위
알기살기 엮어 있는 갈밭 같은

장독대에 익어가는
묵은 햇살 같은

푸른 물결에
애기부들 바람 노래 같은

한 모금의 독서

아침 7시
한 모금의 의식이 시작 된다

커피를 붓고 뜨거운 물을 채우고
겉봉지로 휘휘 저어
책상에 올려놓고 책을 읽는다

커피가 물에 녹아들듯
책에 녹아들면서
화자의 목소리가 들리기 시작한다

상관물相關物이 고개를 들고
뼈대가 움직이고 핏줄이 뻗어가며
길을 인도한다

한 모금의 커피와
한 모금의 독서와
한 모금의 사색과 그리고 한 사람

가슴에 와 닿기까지
커피는 식어도
나의 한 모금은 식을 줄 모른다

너를 알리고 싶은 겨

촌놈이 어쩌자고 너를 만나
자꾸 말을 걸고 피곤하게 혀

경자년 새해에 하늘을 보며
불현 듯 생각 했던 겨
너를 알리고 싶은 겨

돈 없어 생각 했던 겨
연차를 많이 모아 알리려고 하는 겨
그래서 하루도 빠지지 않고 다니는 겨

사람들이 지독하다고 할 겨
연차가 삼십 개가 넘는 디 안 쉰다고
수군댄다고 혀도 안 쉴 겨

알리고 싶은 겨
너를

시작詩作

사물을 보고
사람을 생각하는

한 잎 남은 나무에
사람의 숨결을 느낄 수 있는

물빛에서
영원을 발견하는

먼지의 움직임으로
생명의 신비를 포착하는

풀잎 기우는 소리로
새로운 언어를 찾아가는

일상 속
우주를 발견하는

당귀꽃이 부르는 희망가

이 종 대(시인)

'시를 짝사랑하던 이창진 시인에게 모락모락 피어오르던 시심의 불꽃이 점점 커지더니 마침내 시인자신을 삼키고 詩의 靈으로 남았다. 시의 영은 세상의 사물과 대화를 하며 시의 지평을 넓혀간다. 시의 영이 시를 쓰고, 쓰인 시들끼리 어울리다가 독자에게 같이 놀자고 손짓을 한다. 삶의 굽이마다 역경을 극복하게 했던 불의 사자 같던 시인의 뜨거운 열정은 시 창작에 대한 열망과 사랑으로 부활하여 독자들에게 천둥같은 감동을 선사한다. 천둥이 아름다운 것은 순간에 깊은 감동을 주기 때문이라고 그는 말한다. 마디가 생겨도 성장을 멈추지 않는 대나무처럼 그의 시는 또 하나의 우주를 생성해 나간다.' 이상의 내용은 필자가 이창진 시인과 만나 대화를 나누던 중 이 시인이 자신의 시에 대한 소감을 밝히며 말한 내용의 일부를 정리해 본 것이다. 시에 대한 그의 뜨거운 열정을 느끼게 하는 내용이었다.

안도현 시인은 시 작법 '가슴으로도 쓰고 손끝으로도 써라'라는 저서에서 '타고난 시인은 없다. 재능을 믿지 말고 자신의 열정을 믿어라' 라고 했다. 이 말에 딱 맞아 떨어지는 시인이 바로 이창진 시인이 아닐까 싶다. 시 창작에 대한 열정에서 이창진 시인은 실로 대단한 사람이다. 이창진 시인과 필자는 고등학교 국어선생님과 제자로 처음 만났다. 그 시절 이 시인은 서두의 내용처럼 시 창작에 대해 매우 열정적인 문학도였다. 한번은 200편도 넘는 시를 써가지고 와서 필자에게 평을 해 달라고 조르는 바람에 당황해했던 적도 있었다. 그 당시 이창진 학생의 시는 조금 더 다듬고, 줄이거나 표현을 달리해야할 필요가 있는 시들이 많긴 했지만, 시 창작에 대한 의욕만큼은 실로 엄청난 것이었다. 자신이 품은 생각과 정서를 풀어내고자 하는 그는 평소 매우 달변이었고, 그 달변만큼 시도 많이 창작하였다. 마침 그 해 이창진 학생이 소속된 학교와 같은 특성을 갖는 학교의 전국 고등학생을 대상으로 하는 학예경연대회가 있었다. 이 대회에 이창진 학생은 학교 대표로 출전하기를 원했다. 그렇지만 그때는 이미 졸업반 학생이 학교 대표로 선정되어 대회 출전을 준비하고 있던 터라 이창진 학생의 대회출전은 뒤로 미뤄질 수밖에 없었다. 이창진 학생에게는 많이 애석한 일이었다. 다행히 그 해 학교 대표로 출전한 졸업반 학생은 전국 1위에 해당하는 대상을 거머쥐었다. 그리고 이듬 해 이창진 학생이 드디어 학교 대표로 그 대회에 출전하기에 이르렀다.

가을 속
갈바람과 걸을 때면
낙엽 속에 감춘
가을 빛 붉게 물든
얼굴이 사무치도록 그립습니다

잠드실 때까지
세파 속 고독에 취한 낙엽처럼
자식들에 취해
불그레 물드셨습니다

멍에의 짐으로
주름의 파도가 출렁일 때마다
자식들은
만선의 풍어를 얻게 하셨습니다

아버지

연탄불처럼 청춘을 활활 태우시더니
재가 되어 산산이 흩어지셨습니다

가을에
낙엽 한 잎 안고 잠들고 싶습니다.

- 「얼굴」 전문

벼르고 별러 출전한 그 대회에서 이창진 시인은
전국 1위에 해당하는 대상을 수상하였다. 학교로서
는 2년 연속 전국 1위에 해당하는 상을 수상하는
영광을 안게 된 것이었다.

이 시는 당시 학예경연대회에서 대상을 받은 작
품이다. 이 시에서 시적화자는 가을바람과 함께 걷
노라면 가을빛을 닮은 얼굴이 사무치도록 그립다
고 했다. 그 얼굴은 바로 자신을 낳아 길러준 아버
지의 얼굴이었다. 거친 세상의 파도와 싸우면서도
가을이 되면 고독해지던 얼굴, 그것이 바로 아버지
의 얼굴이었다. 아버지 얼굴에 주름의 파도가 일렁
이면 자식들은 어부들이나 누릴 수 있는 만선의
풍요를 얻을 수 있었다. 그럴수록 아버지는 청춘을
불살라 태우시며 자식들을 뒷바라지 하시더니 끝
내 재가 되어 흩어졌다. 그리고 시적화자는 아버지
처럼 낙엽 한 잎을 안고 이 가을에 잠들고 싶다고
했다. 아버지에 대한 사무친 그리움과 삶에 대한

허무함 그리고 짙은 고독이 배어있는 작품이다. 어쩌면 시적화자가 그리워하는 아버지의 얼굴은 가족을 위해 한 몸을 희생하며 이 땅에서 살다 가신 모든 아버지의 얼굴인지도 모른다. 그만큼 그의 시는 우리가 갖는 보편적 정서에 바탕을 둔다. 가족에 대한 따뜻한 정과 사무친 그리움은 다음 시편에서도 엿보인다.

동네가 다 내려다보이는
돌산 밭이 내 고향이다

할아버지가
십년 품삯으로 받은 돌산

아버지와 어머니가 개간한다고
새벽부터 달이 뜨기까지
돌을 깨트려 옮기고 일궈
겨우 밭이 된

돌을 심어도
곡식이 영그는 밭

지금도 그 밭에는
삼대의 눈물이 거름으로 남아서

숨을 쉬고 있다

- 「돌산」 전문

가난은 대를 이어 내려왔다. 할아버지가 10년을
소처럼 일하여 겨우 받은 품삯으로 대신 받은 것
은 동네가 다 내려다보일 정도로 높은 산마루에
자리 잡은 돌산이 전부였다. 아버지와 어머니는 이
른 새벽부터 늦은 밤까지 손발이 부르트도록 허리
한번 제대로 펴지 못한 채 일하여 할아버지에게
물려받은 돌산을 일구어내셨다. 바위처럼 단단히
박힌 돌을 깨트려 옮기고, 다시 깨트리기를 반복하
면서 겨우 일구어낸 밭에서 돌을 심어도 곡식이
영글 만큼 옥토로 만들기 위해 피땀을 흘리며 노
력하였다. 가을이 되어 곡식이 영글어 갈 때 아버
지는 자식을 먹여 살릴 수 있다는 안도의 한숨을
길게 내쉬었을 것이다, 할아버지와 아버지 그리고
시적화자에 이르기까지 3대에 걸친 가난과 그 가
난을 극복하며 억척스럽게 살아낸 모습이 이 시에
서 잘 나타나 있다. 그리고 시인의 애틋한 가족애
도 감동스럽게 다가온다. 그 돌밭을 일구며 시적화
자는 돌만큼 단단하고 강인한 인내를 배우며 성장
했던 것이다. 그의 문학에 대한 정진과 시 창작에
대한 열망과 의지는 돌밭을 일구어내던 그 질긴
인내심에서 기인한 것인지도 모르겠다.

이 시인의 가족에 대한 애정, 특히 아버지에 대
한 사랑은 다음 시에서 절정을 보인다.

예순도 안 돼 메마른 막대기가 되어버린
눈만 겨우 깜박이는
아버지의 몸을 씻겨드렸다

벌거숭이 머리와 얼굴을 씻기고
손가락 사이사이 굳은살까지 닦아내자
하얀 수건에서 가늘어진 숨결이 묻어났다

숨구멍 하나하나 뒤덮고 있던 때와 먼지들
마르도록 쥐어짜며 살아온 이력들이
힘줄과 함께 붉거져 나왔다

아무 움직임도 없는데
도드라진 혈관만 젊은 날의 혈기를 증명하듯
불뚝불뚝 솟구치고 있었다

거친 호흡을 다 닦아드리기엔
수건 한 장은 너무 품이 작았다

남은 숨결이 마르기 전에
                    － 「수건 한 장」 전문

이 시는 이창진 시인이 아버지가 59세라는 짧은

생애를 마치기 바로 이틀 전 어느 토요일에 학업에 정진하다가 틈을 내어 집에 들렀다가 아버지를 씻겨 드리던 상황을 회상하며 지은 것이라 한다. 후두암으로 마른 막대기처럼 바싹 마르신 채 겨우 눈만 깜박이시는 아버지의 몸을 씻겨 드리며 이 시인은 많이 울었을 것이다. 항암 치료로 머리털이 다 빠져버린 아버지의 머리와 광대뼈만 남은 얼굴을 씻기고 손가락 사이사이 굳은살까지 닦아내면서 이제 얼마 남지 않은 아버지의 숨결을 간신히 느껴야만 했던 아들의 심정은 오죽했을까? 숨구멍 하나하나까지 뒤덮고 있던 켜켜이 쌓인 오래된 때와 먼지를 닦아내면서 이 시인은 거친 세상에서 힘겹게 살아올 수밖에 없던 아버지의 삶의 이력을 어림잡아 되새겨도 보았을 것이다. 이제 단말마의 숨을 내어 쉬시던 아버지는 젊은 날의 혈기를 증명하듯 혈관만 불끈불끈 솟구치고 있었다. 아버지의 얼마 남지 않은 호흡을 다 닦아드리기엔 수건 한 장의 품이 너무 작았다고 시인은 진술한다. 안타깝고 애처로운 마음으로 남은 숨결이 마르기 전에 시인은 아버지의 몸을 닦으며 깊은 회한에 잠겼을 것이다. 세상의 모든 아들이 그러하듯이 이 시인 역시 육친을 떠나보내야 하는 아픔에 가슴 저렸을 것이다. 그러나 이 시인의 시를 차분히 들여다보면 이 시인의 울음은 발견되지 않는다. 그것은 바로 애이불비(哀而不悲)의 시 정신 때문이다. 슬프지만 슬퍼하지 않는 절제된 시 정신이 아버지의 죽음을 앞둔 큰 슬픔을 수건 한 장에 담아낼 수 있었던 것이다. 여기서 이 시인의 시적 표현의 탁월함은 더욱 돋보인다.

가족에 대한 시인의 애정은 여기서 그치지 않는다. 다음 시편을 보자.

엄마는 지푸라기였다

– 중략 –

일 마친 후
몸을 다 태워 밥이 되려고
지푸라기로 남았다

방구들을 익혀주고
밥을 지어놓고
재가 되어 거름으로 죽었다

뼈도 남기지 않고
불과 함께 날아갔다

– 「지푸라기」 부분

이 시는 이 시인을 길러주신 할머니를 회상하며

쓴 시라고 한다. 어머니를 대신하고도 남을 만큼 헌신적이었던 할머니는 이 시인에게 세상의 어느 어머니와 바꿀 수 없는 소중한 분이셨다고 한다. 이 시인에게 할머니는 곧 어머니이기도 하셨다. 벼 이삭을 키우기 위해 뜨거운 태양과 궂은 비, 그리고 쉴 새 없이 불어대던 바람과 싸워 견디며 마침내 알곡을 키워낸 지푸라기는 일을 마친 뒤에는 자신의 몸을 태워 식구들의 고단한 몸을 누일 구들을 데우는 땔감이 되고 자식들이 먹을 밥을 지어내면서 끝내 재가 되었다. 그런 뒤에 그 재는 다시 거름이 되어 논으로 돌아간다. 지푸라기의 이런 모습은 결국 자식을 위해 자신의 몸을 불살라 버리시는 어머니의 모습과 너무도 흡사하다. 이 시인은 지푸라기를 통해 보편적인 어머니의 거룩한 모습을 우리 앞에 형상화하여 제시한 것이다.

자식을 위한 부모님의 이러한 희생으로 이 시인은 이제 장년의 나이로 접어들어 조금은 편안한 마음상태가 되기도 한다.

야채를 데워놓을게요
찌개를 데워놓을게요

믹서기로 갈아서 먹어요
렌지에 따뜻하게 데워서 먹어요

살림 부딪치고
찬장 문 여는 소리들이 곱다

아픈 상처에 잔잔히 덮은 이불같이

아내의 잔소리가
간장 된장 고추장 맛을 낸다

따뜻한 맛이
집 안에 스며든다

- 「잔소리」 전문

어쩌면 이창진 시인도 쉬고 싶은지 모르겠다. 끝없이 달려온 인생을 되돌아보며 가정에서 조금은 편안한 마음이 되고 싶은 것 같기도 하다. 이 시는 이 시인이 과로로 몸살이 난 어느 날 부득이한 일로 외출하는 아내가 이 시인을 보고 당부하는 잔소리로 시작된다. 그러나 잔소리는 애정에 찬 따뜻한 소리다. 마치 어린 아들을 혼자 두고 일보러 나가는 어머니처럼 그 소리는 작은 데까지 살피고 걱정하는 애정으로 가득차 있다. 모든 준비를 다 마치고도 아내는 여전히 남편이 걱정이 되는가보다. 그 아내의 소리는 간장, 된장, 고추장 맛으로 시인에게 전달된다. 그리고 그 따뜻한 맛이 집 안에 스며들어 사랑으로 가득 찬다.

　이처럼 이 시인의 시에서 가족에 대한 사랑은 많은 시편에서 발견된다. 돌아가신 할아버지와 할머니에게서, 아내에게서 시인은 많은 사랑을 느끼고 살아갈 힘을 얻기도 한다. 어쩌면 우리가 세상을 살아가는 의지를 다지고 고난을 극복할 수 있는 이유는 사랑 때문이 아닐까도 싶다. 특히 가족에 대한 끈끈한 사랑이 있기에 이 세상은 살만한 것이 아닌가도 싶다. 이창진 시인은 바로 그 가족에 대한 애정의 새로운 발견을 통해 보편적 정서에 바탕을 둔 특수성을 나타내는 싯구를 완성하기에 이른 것이다.

　이창진 시인의 가족에 대한 사랑과 애정은 직장에서 일을 하면서도 연결되어 드러나 보인다. 이 시인은 현재 복지센터에서 일을 하고 있으며, 전에도 사회복지사로 노인복지와 장애인을 돌보는 일을 쉬지 않고 하면서 경험한 것을 시편에 담았다고 한다.

　　　채널 9번을 누르라 했더니
　　　리모컨 숫자는 관심도 없고
　　　만지작만지작 손때만 묻히고 있다

커 버린 자식과 함께 사는 늙은 아버지는
갈래갈래 누더기 가슴으로
자식을 끌어안고 산 지 오십 년

무표정한 앳된 얼굴에
몸은 비곗덩어리로 이리저리 뒹굴고
끌고 다녀 바닥이 반질반질하다

말을 하면 말들이 충돌하여
깨진 유리창 파편들처럼 산산이 흩어진다

속살을 뒤틀고 올라간 지붕 끝
용마루 두 개가 날개 한번 펴지 못한 채
부서져 신음하고 있다

　　　　　　　　　　　　－ 「아버지와 아들」 전문

　일흔이 훨씬 넘은 아버지가 아들을 돌보고 있다.
아들은 정신지체 장애를 가졌다. 채널이 몇 번인지
구분하지도 못한 채 리모컨에 손때를 묻히면서 놀
고 있는 아들은 어린 아기처럼 천진하기만 하다.
쉰 살을 넘긴 아이 아닌 아이를 키우면서 아버지
의 가슴은 누더기가 되었다. 아버지가 무슨 말을
하는 지 분간하지 못하는 아들은 비대한 몸을 이
리저리 궁굴리며 방바닥에만 붙어서 살 뿐이다. 무
슨 말을 시키면 유리창이 깨질 듯 고래고래 고함

을 지른다. 말이 통하지 않는다. 날개 한 번 펴보지 못한 채 부서져 신음하는 용마루처럼 아들은 그렇게 아버지와 함께 늙어가고 있다. 아들의 흰머리를 보며 아버지는 긴 한숨을 쉬고 있는지도 모른다. 시인은 아버지의 입장이 되어 힘겹게 살아가는 아들을 바라보며 가슴 아파하고 있다. 맹자의 사단설(四端設) 가운데 나오는 말로 측은지심(惻隱之心)이 있다. '남을 불쌍하게 여기는 타고난 착한 마음'을 이르는 말이다. 시인은 바로 측은지심을 가지고 장애를 가진 이웃들을 돌보는 사람이다. 이 시인이 임종을 앞둔 아버지의 몸을 씻겨드리며 안타까워하는 따뜻한 마음을 가지지 않았다면 측은지심을 가지고 힘든 세상을 살지 않았을지도 모르겠다. 희생하는 마음으로 종사해야 하는 어렵고 힘든 직업을 지속하지 못했을지도 모른다. 우리나라의 사회복지사 윤리강령 중에 '사회복지사는 인본주의·평등주의 사상에 기초하여, 모든 인간의 존엄성과 가치를 존중하고 천부의 자유권과 생존권의 보장활동에 헌신한다.'라는 구절이 나온다. 이 시인은 윤리강령에 나오는 대로 모든 인간의 존엄성과 가치를 존중하기 위해 약자 편에 서서 그들의 입장을 이해하고 사랑과 애정의 눈으로 보살피고 있다는 생각이 들었다.

한 걸음을 내딛는 사람들이 있다

몸에 흘러내리는 녹물을 닦아내면서
삐거덕거리는 소리를 리듬으로 풀어내며 걸
어가는 사람들이 있다

돌같이 굳어버렸지만 거뜬히 가볍게
넘어 뛰는 경기장의 주자들이 있다

    – 중략 –

깨진 항아리에 담겨질 수 없는 많은 원석들
이 자유롭게 번쩍이고 뒹굴고 꿈을 꾸며 웃고
있다

숨길 수 없고 감출 수 없이 풀어져 종소리가
울리면서 맑은 영혼이 무지개에서 피어내는 오
로라가 있다

리듬을 안고 따뜻한 드라마의 주인공이 되어
재잘 되며 물빛을 흔들며 추는 몸짓으로 화폭을
그려내고 있다

여기 큰 걸음을 걷는 사람들이 있다

                  – 「큰 걸음」 부분

한편 시인은 장애인들에 대한 측은지심을 가지면서도 한편으로 그들과 함께 희망의 끈을 놓지 않는다. 삐거덕거리는 소리를 내며 살 수밖에 없는 장애인에게서 삶의 리듬을 발견한다. 몸은 돌같이 굳어져 버렸어도, 허들을 넘는 경기장의 주자가 가지는 패기가 그들 마음에 살아 있음을 본다. 그들에게서 영혼의 맑은 무지개를 보았고, 물빛을 흔들면서 춤을 추는 흥을 발견한다. 그들이 내딛는 한 걸음은 이젠 작은 걸음에 그치지 않고 원대한 미래를 향한 큰 걸음이 됨을 확인한다. 시인은 그들과 함께 희망을 노래하는 것이다. 그래서 시인은 다음 시와 같이 희망을 속삭였던 것이다.

　　　가을 낙엽 한 잎을 손바닥에 얹고
　　　살살 문질러 봐요
　　　아지랑이 봄을 타고 올라 올 거예요

　　　눈이 내리는 겨울 손등을 펴고
　　　눈송이를 앉혀 봐요
　　　따뜻한 눈물 꽃이 피어 날 거예요

　　　붉은 석양 앞에 서서 가슴을 열고
　　　그림자를 안아 봐요
　　　동녘 일출이 되어 떠오를 거예요

밤에 하늘을 보고 눈을 깜박여 봐요
별들이 몸 안으로 들어와 수놓을 거예요

- 「희망가」 전문

    가을에 낙엽을 손바닥에 올려놓고 문지르면 아지랑이가 봄을 타고 올라온다고 시인은 말한다. 겨울에 손등을 펴고 눈송이를 앉혀 보면 따뜻한 눈물 꽃이 피어난다고도 말한다. 석양에 서서 가슴을 열고 그림자를 안으면 동녘 일출이 떠오른다고 희망을 속삭인다. 희망이 없다고 낙심하고 있는 사람들에게 희망을 이야기하는 것이다. 밤에 하늘을 보고 눈을 깜박이면 별들이 몸 안으로 들어와 수놓는다고 속삭이고 있는 것이다. 희망을 속삭이되, 희망을 강요하지 않는 시, 밤하늘의 별을 보고 그 별들을 마음 깊이 간직하게 만드는 시가 바로 이 시이다. 만약 우리의 이웃이 희망을 빼앗겨 고독하고 외로운 처지에 있다면 필자는 이 희망가를 읽어보라고 권하고 싶다. 가능하다면 외워도 좋으리라. 희망이 밤하늘의 별처럼 반짝일 지도 모를 일이다.

    가족과 직장 일에 대해 남다른 애착을 보이며 살아가는 이 시인도 자연에 대한 애착은 여느 다른 시인과 다르지 않다. 때로는 자연의 아름다움 자체에 흠씬 빠져들기도 하고 때로는 그 자연을 통하여 인생의 또 다른 면을 반추하기도 한다.

> 대지 위에 함박눈
> 말없이 낙엽을 밟으며
> 잠을 깨운다
>
> 아지랑이 올라와
> 구름을 타고 휘 휘
> 노래하는 몸짓
>
> 초록이 내려와
> 아기 발가락
> 졸졸 간질이는 손짓
>
> 천지의 날개로
> 붉은 춤을 추는
> 발길마다 새싹을 틔워낸다
>
> ㅡ 「2월」 전문

시인은 2월의 자연현상을 예리한 눈으로 관찰한다. 아직 겨울이 한창인 2월이지만 2월에 내리는 눈은 가을에 내린 낙엽을 밟으며 깊은 잠에 빠진 대지를 조용조용 깨운다. 하늘엔 구름이 봄을 기다리며 설렌 마음으로 노래를 부른다. 아기 발가락을 간질이듯 어느새 대지엔 초록이 꿈틀거리고 발길마다 새싹을 틔워낼 준비를 한다. 봄을 기다리는 시인의 눈은 이렇듯 아직은 보이지 않는 봄의 기운을 한 겨울 마음 속 깊은 데서 꿈틀대는 봄기운을 밖으로 불러내는 것이다. 2월에 봄을 노래하는 것이 다소 성급할 지도 모른다. 그럼에도 시인은 2월에 내리는 함박눈을 보며 봄의 정경을 그려보는 것이다.

여기서 이 시인의 자연을 대하는 다른 시편을 몇 편 더 살펴볼 필요가 있겠다.

거센 태풍으로
찢어진 상처를 보듬으며
붉고 아름다운 자식들을
주렁주렁 키워냈다

자식들이
직박구리와 까치에게
파헤쳐 죽어가고 있는 것을
살 속으로 느끼면서도
아무런 저항도 할 수 없다

검게 타도록 바싹 마른 몸으로
막아보려 하지만

아야 하지만 그렇게 하지 못하고 속으로만 애를 태우는 부모의 심정으로 이 사회의 아픔을 바라보고만 있을 수밖에 없는 현실을 아픈 계절이라고 표현한 것은 아닌지? 이때 진정으로 필요한 것이 바로 이 시인의 '희망가'는 아닌지?

사라진 것이 아니다

– 중략 –

뿌리가 뿌리로 이어져
봄볕이 일어나고 있다

때론 올리고 잘려도
서정으로 가슴마다 순筍 틔운다

올라오다 꺾이어도
대나무 되어 높은 깃발에 휘청

순한 죽순들이 벌떼로 일어나
파도처럼 밀어 오른다

지금 일어나
외치는 온 몸의 힘

다시 일어날 죽순의 바람

– 「죽순」 부분

죽순은 대나무의 땅속 줄기마디에서 돋아나는 여린 순이다. 시인은 아직 죽순이 나오지 않은 대나무 숲에서 죽순이 나오기를 기다린다. 비록 아직은 보이지 않지만 별, 달, 구름이나 바람이 손에 잡히지는 않지만 분명히 존재하는 것처럼 죽순도 기어코 땅거죽을 헤치며 밀고 나올 것을 기대하고 있다. 그러다가 조금은 불안하기도 하다. 혹시나 죽은 것은 아닌지? 죽순을 이대로 모두 잃는 것은 아닌지 두렵고 불안하기도 하다. 그러나 죽순은 시적화자의 이런 기대를 결코 저버리지 않는다. 생명이 생명으로 이어지고 뿌리가 뿌리로 이어져 올라온다. 때론 올라오다 거친 손아귀에 잡혀 꺾이기도 하지만 하나 둘 셋 마치 벌떼처럼 파도처럼 밀고 올라온다. 시인은 그 죽순이 땅거죽을 헤치고 나오는 모습을 시인이 온갖 고난을 무릅쓰고 작품을 만들어내는 과정과 흡사하다고 생각했다고 한다. 시인이 쓴 어떤 시는 세상의 빛도 보지 못하고 사장되는 작품도 있고 독자가 줄곧 외면하기만 하는 작품도 있을 수 있지만 김소월의 서정시가 남아서 우리들 가슴에 꽃 피우듯이, 윤동주의 시가 우리 가슴에 높은 깃발로 남아있듯이, 김지하의 시를 읽고 독재에 항거하여 수많은 사람들이 벌떼처럼 일어났듯이 시는 끊임없이 쓰이고 읽혔다. 이 시인은 죽순을 보면서 그러한 한국시의 도도한 흐름을 읽

어내고 있었던 것이다. 그러면서 다시 일어서는 죽
순의 절개에 주목하고 자신도 그 뒤를 따르고 싶
어 하는 것이다.

고목에 꽃이 핀다고 누가 볼까

활력이 달아올라
뿌리보다 떡잎이 먼저 노랗게 올라왔다고
뒤늦게 네가 그랬지

저 혼자 우는 산새는
예쁜 이름이라도 있지만
고목은 홀로 밤이슬에 힘을 잃어 갔지

마음 달래며 쓰다듬는 눈물은
바람과 함께 세차게 울어 대었지

연필을 꺾어야 할지

꾹 꾹 누르며 걸어갈 때
스며든 아련한 자국이
한 편의 시가 되어 꽃씨로 끓어올랐지

– 「연필」 전문

그러나 詩史의 그 도도한 흐름에 참여한다는 것

이 마냥 설레고 흥분된 일이기만 할까? 시를 쓰기 위해 고뇌하면서 번민의 날들을 수없이 보낸다고 해서 곧바로 남들이 크게 인정해 주는 시인이 되는 것인가? 이 시인도 육순의 나이에 접어들었다. 이제 초로의 나이에 접어들면서 시인은 자신이 시를 써온 날들을 회상하면서 깊은 고뇌에 빠져든다. 아직까지 유명 시인이 되어 이름을 날리거나, 무언가를 번듯하게 이루어낸 게 없다고 한탄하기도 한다. 열정적으로 배우고, 쓰고 하였지만 그 울림이 되돌아 온 게 별로 없었다 한다. 그래서 외롭다. 지쳐서 힘들 때도 많다. 자신에게 되뇌어 보기도 한다. '고목에 꽃이 핀다고 누가 볼까?'라고 자조 섞인 물음을 자신에게 던지기도 했다. 시 창작에 대한 열정으로 열심히 생각하고, 부지런히 써보았지만 자신에게만 만족했던 것은 아니었던가? 후회도 해본다. '저 혼자 우는 새는 예쁜 이름이라도 있지만, 고목은 홀로 밤이슬에 힘을 잃어 갔지'라고 되뇌어 보기도 한다. 마음을 달래려 애써 흐르는 눈물을 쓰다듬고 마음을 다잡아 보지만 갈수록 외로움과 고독감은 깊어만 간다. 이젠 그동안 시를 써온 정든 연필을 꺾어야만 하나? 이제 미망에서 벗어나 시 창작의 길을 그만 접어야 할까? 고민하고 낙심한 채 길을 걷고 또 걸어본다. 그러다 문득 하염없이 흐르는 눈물에서 시 한편이 떠올랐다. 그

것은 꽃 같은 불씨가 되어 마음 속 깊숙한 곳에서
다시 시인의 시심을 끌어올린다.

　　　　두 차례나 경매 되지 않은 꽃들이
　　　　전지가위에 목이 잘려 뚝뚝 떨어졌다

　　　　행복을 가슴에 안길 꿈을 품고 자란

　　　　긴긴 밤을 견디며 낮을 맞이한 그날
　　　　하얀 꽃으로 보랏빛으로 피어났지만

　　　　버려져 죽을 운명

　　　　다시 데려와 씻고 닦으며 어루만졌다

　　　　트랙터로 갈아엎어질 거베라도
　　　　급하게 거둬들이는 엄니의 손에
　　　　다시 꽃이 되었다

　　　　버려진 향기를 주웠다

　　　　　　　　　　　　　－「당귀꽃」 전문

　　세계보건기구(WHO)가 선포하는 감염병 최고
등급으로 세계적으로 감염병이 대유행하는 상태를
가리키는 '팬데믹'이란 말이 회자되고 있다. 바로

코로나19가 유행하는 현 상태를 이르는 말이기도 하다. 전염병도 무섭지만 이로 인해 경제는 끝을 모르고 추락하고 있다고 한다. 심각한 위기상황임이 틀림없어 보인다. 얼마 전 이 시인은 꽃 경매장에 들른 적이 있다. 그런데 경기위축으로 인해 경매를 기다리고 있는 꽃들이 불안에 떠는 모습을 목격했다. 이제 두 번 씩이나 경매가 유찰되어 주인을 기다리며 대기하던 꽃들은 모두 전지가위에 목이 잘리고, 트랙터는 사정없이 꽃밭을 갈아엎을 판이었다. 실로 위기의 순간이었다. 그런데 그 순간 어느 여인이 나타나 급하게 꽃들을 거두어 들였다. 거둬들인 꽃 중 일부는 경매장을 찾아온 손님 손에 건네지기도 하는 듯 했다. 절체절명의 순간에 꽃은 다시 태어날 수 있었던 것이다.

시인은 앞서 제시한 '연필'의 시 해설에서 보이듯 시 창작을 포기할까하는 자포자기 상태에 빠진 적이 있었다. 자기가 써온 모든 작품을 남김없이 쓰레기통에 처박아 버리고 이제는 더 이상 시를 쓰지 않겠다는 생각을 하기도 했다고 한다. 불면의 밤을 지새우고 고뇌와 번민의 시간이 지난 후 탄생했던 소중한 자신의 창작 작품들을 세상의 어느 누구도 거들떠보지 않는다는 생각에 미치자 모든 글쓰기를 포기하고 싶어졌다고도 했다. 그가 써온 작품들은 마치 경매가 유찰되어 목이 잘려 떨어질 운명에 처한 꽃과도 같았다. 그러던 이창진 시인에게 아버지의 음성이 들렸던 것일까? 어릴 적 돌산을 일구면서 일깨워 주셨던 결코 포기하지 말라는 그 소리가 내면 깊숙한 곳으로부터 울려 퍼진 것은 아니었을까? 이 시인은 다시 연필을 들고 시 창작에 다시 몰두할 수 있었다. 당귀꽃의 꽃말은 '재회, 기약, 굳은 의지' 등으로 알려져 있다. 꽃말대로 이 시인은 굳은 의지로 다시 그의 시와 재회할 수 있었다. 그래서 여기 이렇게 첫 시집 '당귀꽃'으로 첫선을 뵈게 되었다.

필자는 믿는다. 이 시인의 시 작품 중에는 많은 사람들의 입에서 암송되는 작품이 반드시 있을 것이라고.

대학에서 신학을 공부했고, 다시 사회복지학을 공부하더니, 시에 대한 열정으로 문예창작학과에 들어가 또 다시 공부하면서 식을 줄 모르는 학구열로 주위 사람들을 놀라게 했던 의지의 한국인 이창진 시인의 다음 시집이 벌써부터 기다려진다.

당귀꽃

2020년 4월 30일 초판 인쇄
2020년 5월 15일 1쇄 발행

지은이   이창진
만든이   박찬순
만든곳   예술의숲
         등록 2002. 4. 25.(제25100-2007-37호)
         주   소 · 충북 청주시 서원구 분평로 88-1, 501-1104
         전   화 · 070-8838-2475
         휴 대 폰 · 010-5467-4774
         이 메 일 · cjpoem@hanmail.net

         ⓒ이창진 2020. Printed in Cheongju, Korea
         ISBN 978-89-6807-170-6 03810

         * 잘못된 책은 구입한 곳에서 바꾸어 드립니다.
         * 책값은 뒤 표지에 표시하였습니다.

이 도서의 국립중앙도서관 출판예정도서목록(CIP)은 서지
정보유통지원시스템 홈페이지(http://seoji.nl.go.kr)와 국가
자료종합목록 구축시스템(http://kolis-net.nl.go.kr)에서 이
용하실 수 있습니다. (CIP제어번호 : CIP2020017330)